DI LO QUE SIENTES

A VECES SIENTO ALEGRÍA

Escrito por Jaclyn Jaycox

PEBBLE
a capstone imprint

Pebble Emerge es una publicación de Pebble, una marca de Capstone.
1710 Roe Crest Drive
North Mankato, Minnesota 56003
www.capstonepub.com

Los datos de CIP (Catalogación previa a la publicación, CIP) de la Biblioteca del Congreso se encuentran disponibles en el sitio web de la Biblioteca.
ISBN: 978-1-9771-3337-3 (encuadernación para biblioteca)
ISBN: 978-1-9771-3338-0 (tapa blanda)
ISBN: 978-1-9771-5493-4 (libro electrónico)

Resumen: ¿Qué significa estar feliz? Los niños aprenderán cómo se siente la felicidad, cómo sus sentidos pueden afectar sus emociones y cómo identificar y manejar sus sentimientos. Diversas fotos a todo color ayudan a mostrar cómo se ve la felicidad. Se incluye una actividad de reflexión que permite a los niños explorar sus sentimientos.

Créditos de las fotografías
Capstone Studio: Karon Dubke, 21; Shutterstock: Africa Studio, 17, Alissala, 5, Color Symphony, elemento de diseño, KPG Payless2, 9, Maria Evseyeva, 13, MIA Studio, portada, Monkey Business Images, 15, Rido, 18, SeventyFour, 6, Valeria Selezneva, 7, Watercolor_Art_Photo, 11, wavebreakmedia, 19

Créditos editoriales
Diseñadora: Kay Fraser; investigadora en medios: Tracy Cummins; especialista en producción: Katy LaVigne
Traducción al español de Aparicio Publishing, LLC

Printed in the United States 6234

CONTENIDO

¿Qué es la alegría? 4
¿Qué sientes cuando estás alegre? 6
Los sentidos..8
Hablar sobre los sentimientos 10
Entender la alegría.................................. 12
Manejar tus sentimientos 16
Actividad de reflexión........................ 20
Glosario.. 22
Índice 23

Las palabras en **negritas** están en el glosario.

¿QUÉ ES LA ALEGRÍA?

La alegría es una **emoción** o sentimiento. Es normal tener distintos sentimientos a lo largo del día. Algunos duran solo unos minutos, pero otros pueden durar más tiempo.

Algunas emociones te hacen sentir bien. Otras te hacen sentir mal. ¡La alegría es un sentimiento bueno!

¿QUÉ SIENTES CUANDO ESTÁS ALEGRE?

Cierra los ojos. Piensa en algo que te hace feliz. Tal vez es jugar con tus amigos o ver una película divertida. ¿Qué sientes?

Los sentimientos empiezan en el cerebro. Se mueven por todo el cuerpo. Cuando estás alegre, sonríes y te ríes. Tu corazón late más rápido. ¡Hasta quieres dar saltos de alegría!

LOS SENTIDOS

Las personas tenemos cinco **sentidos**. Con ellos podemos oír, oler y tocar las cosas. También podemos probarlas y verlas. Los sentidos despiertan distintas emociones.

Es posible que oír una canción agradable te haga sentir alegría. Oler las flores puede hacerte sentir alegría. Tocar un perro suave puede alegrarte.

HABLAR SOBRE LOS SENTIMIENTOS

Hablar de tus sentimientos te ayuda a manejarlos. Al principio te resultará difícil decir lo que sientes. ¡Es normal! Solo necesitas un poco de práctica.

Cuando sientas alegría, dilo en voz alta. Cuéntale a alguien por qué te sientes tan feliz. Es una buena manera de practicar. Así te será más fácil hablar de otros sentimientos, como la tristeza o el enojo.

ENTENDER LA ALEGRÍA

Es importante entender los sentimientos. ¿Qué te hace feliz? Tal vez es recibir un premio en la escuela. Tal vez es hacer un nuevo amigo.

Lo que sientes por ti mismo puede afectar tus emociones. Es más fácil ser feliz cuando te sientes bien contigo mismo.

La alegría nos puede ayudar en muchas cosas. Cuando estamos alegres, nos sentimos más **positivos** y animados. Nos llevamos mejor con los demás. Tenemos más energía. Trabajamos mejor cuando estamos alegres. Somos más creativos y aprendemos más.

MANEJAR TUS SENTIMIENTOS

No hay sentimientos buenos ni malos. Lo importante es saber manejarlos. Si te sientes triste, hay muchas maneras de animarte.

Salir a pasear te puede ayudar a estar más alegre. Escuchar música, también. ¡Hasta sonreír te puede ayudar a estar de buen **humor**!

Puedes ayudar a otras personas a sentirse alegres. La alegría se debe compartir. Si ves a alguien que está triste, dile algo amable. Haz una buena **acción** a alguien que la necesite.

A veces intentamos esconder nuestros sentimientos. Pero es importante compartirlos con las personas que apreciamos. Eso nos ayudará a tener una relación más cercana.

ACTIVIDAD DE REFLEXIÓN

El pronóstico del tiempo nos dice qué tiempo va a hacer. Hay días grises, pero también hay días soleados. Las emociones son como el tiempo.

Qué hacer:

1. Escribe el pronóstico del tiempo para describir tus sentimientos. ¿Caen gotas de lluvia de tus ojos? ¿Brillan los rayos de sol a tu alrededor?

2. Haz un dibujo basado en tu pronóstico del tiempo.

Buenos días:

Me llamo Josie.

¡Este es el pronóstico del tiempo para hoy!

Hoy va a ser un día genial con mucho sol. Sal y sé amable en este día soleado y alegre. ¡No olvides tus lentes de sol!

GLOSARIO

acción —algo que se hace

emoción —un sentimiento fuerte; las personas tenemos emociones como la alegría, la tristeza, el miedo, el enojo y los celos

humor —la manera en que te sientes

positivo/a —que ayuda o anima

sentido —capacidad para obtener información sobre las cosas que nos rodean; los cinco sentidos son el oído, el olfato, el tacto, el gusto y la vista

ÍNDICE

amigos, 6, 12

compartir, 18, 19

hablar, 10

jugar, 6

música, 16

reír, 7

sentidos, 8

sonreír, 7, 16